# Wenn Freundlichkeit sich auszahlt

# +

# 2 Rezepte

## Lebe deinen Traum

Marita Sydow Hamann
**Lebe deinen Traum: Wenn Freundlichkeit sich auszahlt**

1. Auflage 2022



Text, Illustrationen, Cover, Layout, Fotos: Marita Sydow Hamann
Viksdalen, Norwegen
Lektorat: Anja Weggel

ISBN: 9798367254365
Imprint: Independently published



www.marita-sydowhamann.com

Für Simone

**Wenn Freundlichkeit sich auszahlt**

Erzählung frei nach einer Begebenheit, die einer Freundin so ähnlich tatsächlich passiert ist.

# Inhalt

# Wenn Freundlichkeit sich auszahlt

Kathrin starrte auf den Brief in ihrer Hand. Tränen schossen ihr in die Augen, die Kehle schnürte sich ihr zu und ihr wurde heiß und kalt zugleich. Nein. Das konnte nicht sein. Das durfte nicht sein. Nicht auch das noch. Mit zitternden Händen las sie den Brief noch einmal. Die Tränen verschleierten ihr die Sicht. Fahrig wischte sie sie fort, doch neue flossen nach. Sie konnte sie nicht aufhalten. Viel zu lange war sie stark gewesen, hatte gekämpft und war stets positiv geblieben. Doch nun zog der Boden sich unter ihren Füßen fort. Nun wusste sie wirklich nicht mehr weiter. Würde sie alles verlieren?

»Mama? Schau mal, was ich hier habe!« Saga rauschte zur Tür herein und rannte Kathrin mit ausgestreckter Hand entgegen. Hastig wischte Kathrin sich die ständig nachlaufenden Tränen fort und schob den Brief beiseite. Stark sein. Sich nichts anmerken lassen.

»Sieh mal, Mama. Ist die nicht schön?«

Ihre siebenjährige Tochter Saga hielt Kathrin eine fette, warzige Kröte unter die Nase. Schön war etwas anderes, doch Sagas Augen leuchteten.

»Wunderschön«, brachte Kathrin mühsam hervor. Ihre Stimme klang etwas gepresst. Sagas leuchtende Augen wurden wachsam.

»Ist was, Mama?«, fragte sie und legte forschend den Kopf schief. Eine Geste, die Kathrin schon so oft bei ihrer Tochter gesehen hatte. Eine Geste, die sie liebte. Kathrin lächelte durch die Tränen hindurch.

»Nein, mein Schatz. Es ist alles in Ordnung. Ich habe nur etwas ins Auge bekommen.« Kathrin wischte die Tränen erneut fort. Saga hielt die fette Kröte noch immer hoch, sah ihre Mutter noch einmal forschend an und kehrte dann zu ihrer übersprudelnden Freude zurück.

»Ich habe sie unten an der Kellertreppe gefunden! Darf ich sie mit in die Schule nehmen?«
Kathrin musste unwillkürlich schmunzeln. Saga hatte bereits eine dicke Kreuzspinne, einen Mistkäfer und eine Blindschleiche mit zur Schule genommen. Leider teilte nicht jeder die Vorliebe ihrer Tochter für Kriechtiere und Insekten aller Art. Je hässlicher und abstoßender desto besser.
Saga sah in jedem Lebewesen eine Schönheit, die den meisten verborgen blieb. Ihrer Lehrerin beispielsweise, die ganz und gar nicht davon angetan gewesen war, eine Kreuzspinne auf ihrem Lehrerpult zu finden. Und auch einige Mädchen in der Klasse konnten an der Blindschleiche nichts Schönes finden. Sie hatten panische Angst vor Schlangen.
»Ich habe ihnen erklärt, dass Blindschleichen keine Schlangen sind, sondern Echsen«, hatte Saga empört erzählt, als sie mit einem entsprechenden Brief der Lehrerin nach Hause gekommen war. »Aber die haben geschrien und sind vor mir weggelaufen! Die haben mich *Freak* genannt!«
Kathrin sah das Kindergesicht vor sich, als wäre es gerade geschehen. Trotzig und mit verletzten Augen. Die Wangen rot vor Erregung, die Fäuste geballt. *Freak*.
»Ich bin kein *Freak*!«, hatte Saga heftig gesagt. So richtig mit Nachdruck, doch ihre Unterlippe hatte gezittert. Ganz sicher war sie sich nicht gewesen. Die Reaktionen ihrer Mitschülerinnen hatten an ihrer Selbstsicherheit gekratzt.
»Natürlich bist du kein Freak, mein Schatz«, hatte Kathrin gesagt und ihre Tochter zu sich herangezogen. »Die Mädchen hatten nur Angst. Da sagt man oft Sachen, die man nicht so meint. Und alle hatten doch nicht Angst, oder?«
Saga hatte mit dem Kopf geschüttelt. »Nein, nur drei«, gab sie zu.
»Und die Jungs?«
Sagas Gesicht hatte sich aufgehellt. »Die fanden es cool!«

»Es wird immer jemanden geben, der das, was du tust, nicht gut findet«, hatte Kathrin ihrer Tochter erklärt. »Du kannst es nie allen recht machen. Bleib du selbst und mach, was dir gefällt. Aber mach niemandem mit Absicht Angst. Jeder mag nun einmal keine Spinnen oder Schlangen.«
Sie hatten noch eine ganze Weile darüber geredet, dass nun einmal nicht jeder das gleiche mag und dass das auch in Ordnung sei. Und eine Tasse heiße Schokolade hatte auch das ihre dazu getan, das Gemüt ihrer Tochter zu besänftigen.
Kathrin besah sich nun also schmunzelnd die fette, warzige Kröte in Sagas Kinderhand.
»Erinnerst du dich an die Spinne und die Blindschleiche?«, fragte sie ihre Tochter, die die Kröte mit strahlenden Augen betrachtete. Saga blickte von der Kröte zu Kathrin und zurück. Sie schnaufte.
»Es gibt Leute, die keine Kröten mögen?«, fragte sie und runzelte die Stirn.
Kathrin blieb ernst, obwohl sie fast losgelacht hätte. »So ist es«, bestätigte sie. »Wenn du die Kröte also mitnehmen willst, dann rechne damit, dass nicht jeder begeistert sein wird. Manche werden sogar *Igitt* sagen. Halte die Kröte also nicht gleich jedem unter die Nase.«
»Hm«, machte Saga, schaute die Kröte skeptisch an und seufzte. »Aber die ist doch so schön!« Sie seufzte noch einmal. »Also gut. Ich werde vorsichtig sein.«
»Sehr gut«, lobte Kathrin. »Und vergiss nicht, dass Kröten es feucht mögen. Lass sie also nicht austrocknen.«
Saga verdrehte die Augen. »Echt jetzt, Mama! Das weiß ja wohl jedes Kind!« Empört drehte sie sich um und verschwand samt fetter Kröte nach draußen.
Kathrin sah ihrer Tochter kopfschüttelnd nach. Nein, das wusste eben nicht jedes Kind. Es sei denn, es hatte wie Saga eine echte Affinität in Bezug auf jegliches Getier, zu dem die meisten Menschen Abstand hielten.

Kathrin zog den Brief wieder zu sich heran und verzog das Gesicht. Erneut schnürte sich ihr die Kehle zu, doch dieses Mal atmete sie einmal kräftig durch. Und noch einmal. Es half. Wenn auch nur ein wenig. Es half, die Tränen zu unterdrücken und zu überlegen, was sie jetzt machen sollte. Kurzerhand griff sie zum Telefon und wählte.

»Anwaltskanzlei Wöbken und Sohn? Was kann ich für Sie tun?«, meldete sich die immer höfliche Anwaltsgehilfin.

»Kathrin Weber hier. Ich hätte gern ein Gespräch mit Herrn Wöbken.«

»Einen Moment, bitte. Ich stelle Sie gleich durch.«

Das ging aber fix, dachte Kathrin.

Nach dem Gespräch mit dem Anwalt war zwar nichts geklärt, doch Kathrin fühlte sich etwas besser. Herr Wöbken hatte ihr versichert, dass sich dieser Streit noch Monate, wenn nicht Jahre hinziehen könnte. Sie würde also nicht gleich morgen ihr Haus verkaufen müssen.

Kathrin atmete tief durch und goss sich eine Tasse Tee ein. Sie setzte sich hinaus auf die Terrasse ihres geliebten Schwedenhäuschens – in typisch schwedischem Falu Rot mit weißen Fenstern. Ein Schwedenhäuschen in Schweden. Ein Traum, der sich vor sechs Jahren erfüllt hatte, als sie mit ihrem Noch-Ehemann und ihrer damals einjährigen gemeinsamen Tochter den Schritt gewagt hatten und aus Deutschland nach Schweden ausgewandert waren.

Kathrins Vater war kurz vorher gestorben und hatte ihr eine kleine Eigentumswohnung hinterlassen, am Stadtrand von Lübeck. Die Wohnung war für die dreiköpfige Familie auf Dauer zu klein, und es gab auch keinen Garten. Der Verkauf brachte 50.000 €, eine Summe, mit der man in Deutschland keine großen Sprünge auf dem Häusermarkt machen konnte. In Schweden dagegen gab es damals für diesen Preis tatsächlich süße kleine Häuser mit Garten. Renovierungsbedürftig natürlich, aber machbar. Kathrin und Roland wussten dies aus ihrem letzten Schwedenurlaub, wo sich beide, doch ganz besonders Kathrin, in das Land voller Seen und Wälder verliebt hatten. Sie hatten den Schritt gewagt und dieses wundervolle kleine Haus im Wald gefunden. Ein Haus mit Holzschuppen, Garage und einem fast 2000 m² großen Waldgarten. Sie hatten wirklich Glück gehabt, denn heute sahen die Preise auch in Schweden schon ganz anders aus.

Kathrin und Roland hatten recht zügig Arbeit gefunden. Und vor allem Kathrin hatte schnell die Grundzüge der Sprache erlernt und sich einen neuen Freundeskreis aufgebaut. Saga lernte neben Deutsch im Elternhaus, im Kindergarten gleich Schwedisch und sprach heute besser Schwedisch als Deutsch. Kathrin liebte ihr Leben und ihre Arbeit, doch Roland tat sich schwer. Er lernte zwar Schwedisch, fühlte sich in der Sprache jedoch nie ganz wohl. Als Roland dann vor einigen Monaten aus einem Deutschlandurlaub zurückkehrte, wo er seinen langjährigen Kumpel Jörg besuchte, hatte er Kathrin vor vollendete Tatsachen gestellt. Einfach so, aus heiterem Himmel. Komplett ohne Vorwarnung. Seine Worte klangen Kathrin noch heute in den Ohren.

»Ich habe mich verliebt. Ich will die Scheidung. Ich gehe zurück nach Deutschland. Einen Job habe ich auch schon.«

Kathrin hatte Roland sprachlos angestarrt. Ihr fehlten tatsächlich die Worte. Sie wollte so vieles sagen. Dinge wie: Und was ist mit uns? Ich dachte, du liebst mich? Dich verliebt? Nach nur einer Woche? Und einen neuen Job, nach nur einer Woche? Du willst einfach gehen? Wir haben hier Haus und Hof und eine gemeinsame Familie … Und Saga. Es war so absurd gewesen. So unwirklich. Das Einzige, das Kathrin letztendlich herausbrachte, war: »Und was ist mit Saga? Sie ist auch deine Tochter.«

Roland hatte Kathrin kalt angesehen. »Sie ist ohnehin ein Mamakind. Sie wird es schon verkraften.«
Kathrin wusste nicht, was sie erwidern sollte. Wieder gab es tausend Dinge, die sie hätte sagen wollen. Dinge wie: »Aber du bist ihr Vater. Wie kommst du darauf, dass deine Tochter das unbeschadet wegsteckt? Natürlich würde sie es schon irgendwie verkraften, doch zu welchem Preis? Und wie kannst du so gefühllos sein? Liebst du sie denn gar nicht? Wirst du sie nicht vermissen? Willst du sie nicht aufwachsen sehen?
Solche und noch viele Fragen mehr schwirrten in Kathrins Kopf umher. Viel zu viele Fragen, um irgendwo den Anfang zu finden. Alles schoss ihr im Kopf umher, wie Blitze am Himmel, die kreuz und quer zuckten, doch sich nicht fassen ließen. Gedankenfetzen. Was sollte aus Haus und Hof werden? Was mit seiner Arbeit hier? Wie sollte Kathrin ohne Rolands Gehalt die Rechnungen bezahlen? Was war mit ihren gemeinsamen Freunden?
»Wann ziehst du aus?«, war die Frage, die Kathrin sich dann laut stellen hörte. Sie erschrak, wie hohl und einsam ihre Stimme klang. Und wie weit entfernt. So als hätte irgendjemand anderes gefragt.
»Morgen. Jörg wartet mit einem Anhänger am Ende der Straße. Ich wollte nur erst mit dir reden.«
Kathrin starrte Roland fassungslos an. Reden? Das nannte er reden? Kannte sie diesen Mann überhaupt?
Wie konnte er einfach von heute auf morgen alle Brücken abbrechen? Nicht nur zu ihr, sondern auch zu seiner eigenen Tochter? Wie konnte er sie einfach mit allem alleine lassen und mit einer neuen Frau am nächsten Tag neu anfangen? Hatte er sie denn nie geliebt? Was war denn ihr gemeinsames Leben wert gewesen, wenn er es nach nur einer Woche austauschte, wie ein altes gebrauchtes Handtuch gegen ein sauberes neues?
Und Saga. Ihre wunderbare Tochter Saga. Sie war in der Schule gewesen und kam erst am Nachmittag nach Hause,

als Roland und Jörg Rolands Sachen bereits in aller Hast gepackt und aufgeladen hatten. Das Ganze glich mehr einer Flucht als einem Auszug. Und dann hatte dieser Feigling von einem Mann noch eins obendrauf gesetzt.
Saga hatte sich so gefreut, als ihr Papa wieder da war, als sie aus der Schule nach Hause kam. Er hatte sie hochgehoben und gedrückt, wie er es immer tat. Und dann hatte er ihr erklärt, dass er leider schon wieder los müsste.
»Ich habe es ein wenig eilig, Kleines. Aber Mama wird dir schon alles erklären.«
Und mit diesen Worten war er zu Jörg ins Auto gestiegen und weg war er. Für immer. Übernachtet hatten die beiden wohl sonst wo, Hauptsache schnell weg, um allen Eventualitäten aus dem Weg zu gehen. Nicht, dass Kathrin womöglich noch auf die Idee kam, eine Szene zu machen, oder das Saga womöglich zu heulen anfing, während er das noch mitbekam.
Nein, den Scherbenhaufen hatte er Kathrin überlassen. Einen Scherbenhaufen, der nur sehr schwer zu kitten war.
Doch Kathrin und Saga hatten überlebt. Das Loch in ihrer Brust hatte Kathrin sorgfältig in sich verschlossen. Sie hatte ihren eigenen Schmerz, den Verrat, den Verlust, das zerbrochene Selbstwertgefühl, die Scham darüber, solch einen Mann, der so handeln konnte, einmal sehr geliebt zu haben, beiseitegeschoben und alle Gefühle gut verpackt, um für ihre Tochter da zu sein. Um für Saga stark zu sein. Um dem siebenjährigen kleinen Mädchen klarzumachen, dass Papa sie trotzdem liebte, dass er sie nicht verlassen hatte, weil sie etwas falsch gemacht hatte, sondern weil Papa …
Ja, was? Was sagte man einem Kind? Wie sagte man etwas, das man selbst kaum verstand? Roland war ein Egoist, ein Feigling, eine riesengroße Enttäuschung. Doch das sagte Kathrin natürlich nicht. Sie versuchte, dem Kind zu erklären, dass Papa mit seiner Arbeit unglücklich war und weit weg eine andere Arbeit gefunden hatte, die ihn nun glücklicher machte.

»Glücklicher als bei uns zu sein?«, hatte Saga mit Tränen in den Augen gefragt.
Kathrin hatte Saga in den Arm genommen und ihren Schmerz gefühlt. »Nein, mein Schatz. Das hat nichts mit dir zu tun. Aber Papa muss arbeiten und Geld verdienen.«
Kathrin wusste, dass die Erklärung lahm war und dass Saga eher früher als später verstehen würde, dass ihr Vater sie beide tatsächlich einfach im Stich gelassen hatte. Aber Kathrin fiel beim besten Willen nichts Begreiflicheres ein. Sie war selbst noch so vor den Kopf gestoßen gewesen, dass sie froh gewesen war, dass ihr überhaupt irgendetwas eingefallen war. Sie hatte gehofft, dass Saga sich an Rolands Abwesenheit gewöhnen würde, bevor sie halbwegs verstand, was geschehen war.
Und genau so war es auch gewesen. Saga vermisste ihren Vater, doch nun, ein paar Monate später, fragte sie nur noch selten, warum er nie zu Besuch kam. Saga hatte sich an die sporadischen Telefonate gewöhnt. Und Kathrin hatte ihre Halbtagsstelle im Kinderhort aufgegeben und eine Ganztagsstelle im Kindergarten angenommen. Im selben Ort. Sie hatte Glück gehabt, sonst hätte sie das Haus nicht halten können.
Doch nun klagte Roland die Hälfte des Hauses ein. Ihres Hauses, dass sie von ihrem Erbe bezahlt hatte und das, obwohl er am Tag des Auszugs noch getönt hatte, dass das Haus ja ihr gehörte und er es ihr ganz sicher nicht streitig machen würde. Er hätte einen klaren, schnellen Schnitt gewollt. Offenbar hatte er sich dies nun anders überlegt und wollte nun ein großes Stück vom Kuchen, den sie gebacken und bezahlt hatte. Und da sie beide verheiratet waren, hatte Roland eine reale Chance Recht zu bekommen. Kathrin konnte zwar nachweisen, dass sie das Erbschaftsgeld verwendet hatte, vermutlich würde es aber nicht reichen. Ohne Gütertrennung stand dem Partner sein Teil einfach zu. Auch dann, wenn sie allein das Haus gekauft hatte. Da das Kind aber bei ihr lebte und Roland bisher nur

unregelmäßig Unterhalt gezahlt hatte, wurde die Sache kompliziert und konnte sich noch hinziehen.
Kathrin nippte an ihrem Tee und blickte über ihren geliebten Waldgarten. Sie seufzte.
Nur nicht die Sorgen auf Vorschuss nehmen. Noch gehörte das Haus ihr. Sich zu sorgen, löste das Problem nicht. Also konnte sie den Tee und ihren Garten auch genießen, bis sie sicher wusste, was auf sie zukam.

Der Winter kündigte sich an. Saga hatte die fette Kröte längst wieder in die Natur entlassen, wo sie sich hoffentlich ein schönes Plätzchen für die Überwinterung gesucht hatte. Raureif überzog Felder, Wiesen und Waldwege, und es knirschte, wohin man auch trat. Kathrin kratzte mit frierenden Händen das Eis von der Windschutzscheibe ihres Volvos, während ihr Atem weiße Wolken vor ihrem Gesicht bildete. Trotz Handschuhen wurden ihre Finger immer steifer. Der Motor lief, in der Hoffnung, dass das Eis an der Innenseite der Fenster auftauchen würde, bevor sie los mussten. Sie waren spät dran. Saga zur Schule und Kathrin zur Arbeit im Kindergarten.
Die Haustür fiel ins Schloss und Saga lief mit Schultasche auf Kathrin zu, dick in Winterklamotten gekleidet. Jeder ihrer Schritte knirschte und Saga strahlte.
»Ob es bald schneit? Ich liebe Schnee!«, rief sie überschwänglich.
Kathrin war froh, dass gerade kein Schnee lag, sonst hätte sie auch noch Schnee räumen müssen, um vom Hof zu kommen.
»Hast du an die Gestecke gedacht?«, fragte sie Saga, statt einer Schneeantwort.

»Oh, nö, Moment.« Saga riss die Autotür auf, warf ihre Schultasche auf die Rückbank, und sprintete durch den Raureifgarten zurück zum Haus.
Wenig später schlug die Tür ein zweites Mal ins Schloss. Saga kam mit einer großen Tüte wieder zum Auto. Dieses Mal langsamer, denn die Tüte war sperrig und für eine Siebenjährige recht schwer.
»Deine Kisten stehen auch noch da!«, teilte Saga Kathrin mit.
»Ja, ich weiß. Ich bin gleich fertig. Steig schon mal ein, es ist schon warm im Auto. Zumindest wesentlich wärmer als hier draußen.«
Kathrin kratzte das letzte Eis weg, warf den Eiskratzer auf die Beifahrerseite und eilte zum Haus.
Zwei Kisten mit Weihnachtsgestecken standen dort bereit. Sie hatte sie alle selbst gemacht, als Spende für den kleinen Weihnachtsmarkt des Kindergartens, der am Nachmittag stattfinden sollte. Saga hatte begeistert mitgemacht und eigene kleine Minigestecke entworfen, von denen sie ein paar in der Schulklasse verteilen und den Rest ebenfalls für den Weihnachtsmarkt an den Kindergarten verschenken wollte. Der kleine Kindergarten-Weihnachtsbasar sollte dieses Jahr das erste Mal stattfinden, und Kathrin freute sich tatsächlich darauf. Es war eine schöne Idee, bei der sie gerne viel mitgeholfen hatte, um sie zu realisieren. Sie hoffte nur, dass auch wirklich ein paar Besucher kommen würden, um die vielen kleinen Weihnachtssachen und Weihnachtsgebäcke zu kaufen, die die Kindergartenkinder in den letzten Wochen gebastelt und gebacken hatten.
»Ein Glück, dass ich heute nur bis zwölf Uhr Schule habe«, sagte Saga und schaute zufrieden in ihre Tüte voller kleiner Gestecke. »Da verpasse ich zumindest nichts vom Weihnachtsmarkt.«
»Kommst du rüber, oder soll ich dich holen?«, fragte Kathrin, schob die zwei Kisten in den Kofferraum und stieg in den Wagen.

»Mama, das ist doch nur einmal über die Straße!«
»Vergiss nicht, nach rechts und links zu schauen«, entgegnete Kathrin.
Saga verdrehte die Augen. »Das weiß ich doch, Mama. Und außerdem fährt da fast nie ein Auto.«
»Heute vermutlich schon«, erwiderte Kathrin. »Aufgrund des Weihnachtsmarkts werden da schon so einige unterwegs sein.«
Saga sah nachdenklich aus. »Da könntest du Recht haben«, sagte sie altklug. »Aber ich schaff das schon. Ich passe auf.«
Kathrin warf einen Blick auf ihre Tochter durch den Rückspiegel und verkniff sich ein Grinsen. Da war sie sicher, dass Saga das schaffte. So übermütig ihre Tochter auch sein konnte, wenn sie etwas zusagte, dann hielt sie das auch.

Drei Stunden später betrachtete Kathrin ihr Werk, das ihrer drei Kolleginnen und der Kindergartenkinder. Mehrere Tische mit Weihnachtsdecken und all den gebastelten Dingen der Kinder waren auf dem Kindergartengelände verteilt. Dazwischen standen Laternen mit lebenden Kerzen und auch ein buntgeschmückter Weihnachtsbaum. Ein paar Strohballen und rote Schleifen an Tischbeinen und Bäumen und Sträuchern rundeten das Bild ab. Es hatte zwar nicht geschneit, aber der Frost war geblieben und lag als weißer, knuspriger Streusel über dem Rasen, den Büschen und den Bäumen. Es sah tatsächlich richtig gemütlich und weihnachtlich aus.
»Es fehlen nur noch die heißen Getränke und die Besucher«, sagte Camilla zufrieden.
»Es sieht wunderschön aus«, wisperte Tilda, eines der älteren Kinder in der Gruppe. Und die anderen Kinder nickten.
»Da kommt Saga!«, rief Tommy und lief auf Kathrins Tochter zu, die gerade die Pforte hinter sich zu machte. Die Kinder kannten sich, denn noch vor nicht einmal einem Jahr

war Saga ein Teil der Gruppe gewesen. Und Tommy gehörte zu der Sorte Jungs, die keine Probleme mit Spinnen, Kröten und Co. hatten. Ganz im Gegenteil.
Saga fügte sich ein, als wäre sie nie fort gewesen. Und nachdem sie ihre mitgebrachten Gestecke auf einen der Tische gelegt hatte, verschwand sie mit Tommy und ein paar anderen Jungs zum Spielen.
»Okay, Endspurt«, sagte Kathrin. »Ich hole die Getränke.«
Camilla blieb bei den Kindern und nahm die ersten Besucher in Empfang – die Eltern einiger Kinder.
Es wurde ein voller Erfolg. Eltern, Großeltern und auch viele Dorfbewohner und sogar Leute aus Nachbardörfern kamen vorbei. Die Annonce in der Zeitung hatte sich gelohnt. Es war eine gemütliche Atmosphäre mit lachenden Kindern, gut gelaunten Eltern und fröhlichen Besuchern von nah und fern. Sie genossen die heißen Getränke im frostigen Kindergarten, lobten Kuchen und Kekse und bewunderten und kauften die selbst gebastelten Weihnachtssachen an den vielen Tischen. Die Stimmung war weihnachtlich ausgelassen, und obwohl Kathrin und ihre Kolleginnen alle Hände voll zu tun hatten, genoss Kathrin jeden Augenblick.
Kathrin schob gerade ein drittes Mal Nachschub an Kaffee, heißer Schokolade, Tee und alkoholfreiem Glühwein heran, als ihr jemand auf die Schulter tippte.
Kathrin drehte sich gut gelaunt um und blickte in die belustigten Augen eines älteren Herren.
»Na? Erinnerst du dich noch an mich?«, fragte der Herr auf Deutsch.
Kathrin lachte. »Aber natürlich! Klaus!«
»Ganz genau, meine Liebe. Und dieser werte Herr hier ist mein alter Freund Gustav.« Klaus zeigte auf einen ebenfalls älteren Herrn neben sich.
Kathrin reichte Gustav die Hand. »Schön, Sie kennen zu lernen!«

»Ebenfalls«, erwiderte Gustav. »Was für einen wundervollen kleinen Weihnachtsbasar Sie hier auf die Beine gestellt haben. So ausgelassen und fröhlich, mit all den Kindern.« Gustav sah schmunzelnd einer Schar Kinder hinterher, die aufgeregt schnatternd vorbeilief.
»Danke!«, antwortete Kathrin und freute sich sichtlich. »Es war ein Haufen Arbeit, aber es hat auch viel Spaß gemacht, das alles vorzubereiten.«
»Oh, das glaube ich«, erwiderte Gustav.
Klaus grinste ihn an. »Das mit der Arbeit oder das mit dem Spaß daran?«
»Beides!«, antwortete Gustav. »Ganz klar Beides.«
Klaus lachte. »Wo hast du denn deine aufgeweckte kleine Tochter gelassen?«, fragte er Kathrin.
»Die schwirrt hier auch irgendwo rum«, lachte Kathrin.
»Oh? Eines der Racker hier ist Ihres?«, fragte Gustav.
»Und was für eine«, schmunzelte Klaus. »Eine ganz besondere kleine Lady. Saga hat eine Vorliebe für alles, was Mädchen sonst abscheulich finden. Spinnen, Würmer, Ameisen«, zählte Klaus auf.
Gustav schaute recht überrascht drein.
Kathrin lachte. »Kröten, Echsen, Käfer«, fügte sie der Aufzählung hinzu.
»Also in der Tat eine ganz besondere kleine Lady«, nickte Gustav. »Ich nehme an, ihr habt euch sofort verstanden?«, fragte Gustav und sah Klaus amüsiert an. »Du mit deinem Insektenfimmel.«
Klaus grinste. »Absolut. Wir hatten uns sehr viel zu erzählen.«
Kathrin lachte und dachte an die ersten warmen Sommertage des Jahres zurück, an denen sie Saga mit zu einem Badesee nicht weit entfernt genommen hatte, den Kathrin durch Zufall im Jahr zuvor entdeckt hatte. Klaus hatte an der Zufahrt zum See ein kleines Ferienhäuschen. Und Klaus und Saga hatten sofort einen Draht zueinander gehabt und hatten Kathrin fast vergessen, während sie

Klaus' Insektensammlung begutachtet hatten und gemeinsam über Insekten und Kriechgetier fachsimpelten.
Wie aus dem Nichts kam Saga herangesaust. »Klaus! Wo kommst du denn her?«, rief sie überschwänglich.
»Hallo, kleine Lady«, begrüßte Klaus das Mädchen und lachte sie fröhlich an, sodass seine kleinen Augen vor Freude blitzten und sich tausend Lachfalten in seinem Gesicht bildeten.
»Ich sehe schon«, schmunzelte Gustav. »Nun sind wir abgemeldet.«
Saga sah Gustav an. »Wer bist du denn?«
Gustav lächelte Saga freundlich an. »Ich bin ein Freund von Klaus.«
»Aha«, nickte Saga. »Dann magst du auch Insekten?«
Gustav lachte schallend los, und Kathrin schüttelte ergeben den Kopf.
Saga schaute verwirrt drein. »Was gibt es denn da zu lachen?«, fragte sie etwas pikiert.
»Also wirklich, Gustav«, grinste Klaus. »Was genau gibt es da zu lachen?« Er schüttelte seufzend den Kopf und wandte sich verschwörerisch an Saga. »Gustav versteht einfach nicht, wie spannend Insekten sind. Das lernt der auch nicht mehr, dafür ist er zu alt.«
Saga nickte verstehend und sah Gustav mitleidvoll an. »Tut mir leid, dass du dafür zu alt bist«, meinte sie.
Kathrin versteckte ihr Gesicht hinter ihren Händen und stöhnte. Was hatte sie doch nur für eine Tochter.
Gustav lachte noch lauter. »Ich werde es überleben, ohne Insekten auszukommen«, erwiderte er.
Saga nickte und runzelte die Stirn. »Trotzdem schade«, sagte sie. Dann strahlte sie wieder Klaus an. Kommst du uns besuchen? Dann zeige ich dir meine Sammlung!«
Bevor eine peinliche Situation entstehen konnte, lud Kathrin beide Männer kurzerhand herzlich zu ihnen nach Hause ein.
»Wir backen auch was Schönes, nicht wahr, Saga?«

»Oh ja! Semlor! Können wir Semlor backen?«
»Die sind lecker«, stimmte Klaus Saga zu.
»Aber die gibt es doch erst im Februar zum Fettisdagen. Jetzt ist Lussekatter Zeit *«, entgegnete Kathrin. (Rezept am Ende der Geschichte)
Saga schmollte. »Die mag ich aber nicht. Ich mag Semlor!«
»Also gut, dann gibt es Semlor«, gab Kathrin nach. »Dann kommt ihr Freitagnachmittag?«, fragte sie die zwei Herren.
»Sehr gerne«, erwiderte Klaus.
»Aber gerne doch,«, meinte Gustav. »Aber was sind Semlor?«
»Lass dich überraschen«, erwiderte Klaus.
Als die beiden Männer sich verabschiedeten, sah Kathrin Klaus lange nach. Er wirkte fröhlich. Ja, sogar glücklich. Sie lächelte. Es war schön, ihn so zu sehen. Kathrin erinnerte sich noch gut an den Tag, als sie den älteren Herrn das erste Mal getroffen hatte. Ein Tag vor fast zwei Jahren im Frühjahr.
Es war noch recht kühl gewesen, doch die ersten Blumen blühten und die im Winter kahlen Birken hatten ihre ersten saftig grünen Blätter entfaltet. Kathrin hatte einen freien Tag gehabt und war einem Tipp einer Kollegin gefolgt, dass es nur eine halbe Stunde entfernt einen schönen, aber etwas versteckten Badesee geben sollte. Der Strand gehörte zwar zu einem Ferienhaus, doch der Eigentümer wäre nur zweimal im Jahr da. Kathrin hatte die freien Stunden und die helle Frühlingssonne genutzt und war auf gut Glück dem Tipp gefolgt.
Sie parkte den Volvo vor der Schranke, die den Weg hinunter zum See versperrte. „Privat“ stand auf einem Schild, das an der Schranke hing.
»Hm«, dachte Kathrin. Privat klang doch eher so, als würde der Eigentümer des Ferienhauses dort lieber keine Badegäste haben wollen.
Kathrin stieg aus dem Auto und sah sich um. Sie spürte den noch kühlen Untergrund, doch die Sonne hatte bereits

Kraft. Die wärmenden Strahlen trafen ihr Gesicht, und sie schloss seufzend die Augen. Als sie sie wieder öffnete, fiel ihr Blick durch grün beblätterte Birken auf ein kleines, rotes Schwedenhaus. Es lag verschlafen hinter seiner schützenden natürlichen Abschirmung aus Bäumen und Büschen und badete in der Frühlingssonne. Eine schwedische und eine deutsche Flagge wehten sanft im Wind. Und dann sah sie ihn.

Ein älterer Herr stand vor der Tür, die Hände in den Taschen vergraben und blickte in Richtung See. Er hatte Kathrin nicht entdeckt und sie war sich nicht sicher, was sie nun tun sollte.

Der Eigentümer war offenbar zu Hause, obwohl ihr versichert worden war, dass er nur im Hochsommer und zu Weihnachten kam. Es schien Kathrin falsch, nun einfach das Privat-Schild zu ignorieren und zum See hinunterzugehen. Sie überlegte zuerst, einfach wieder zu fahren, doch dann folgte sie einem Impuls.

Kathrin ging zur eingewachsenen, schmiedeeisernen Pforte und sprach den Mann an, der sie offenbar immer noch nicht bemerkt hatte und tief in Gedanken schien.

»Hallo!«, rief Kathrin.

Der Mann zuckte zusammen und blickte erschrocken zu ihr herüber.

»Entschuldigen Sie, ich wollte sie nicht erschrecken!«, rief Kathrin auf Deutsch. »Sie sprechen doch Deutsch?«

Der ältere Mann räusperte sich und nickte.

Kathrin öffnete die Pforte und ging näher. »Entschuldigen Sie die Störung«, begann sie. »Ich wollte Sie nur fragen, ob Sie etwas dagegen hätten, wenn ich zum See hinuntergehe. Es ist so ein wundervoller sonniger Tag und ich …« Sie stockte und sah den älteren Herrn erschrocken an. Tränen liefen ihm die Wangen herunter. Nun, wo sie näher dran war, konnte sie sehen, dass er ganz geschwollene Augen hatte und seine Körperhaltung Traurigkeit und Verzweiflung verriet.

»Es tut mir sehr leid«, brachte Kathrin hervor. »Ich wusste ja nicht …« Sie brach erneut ab. »Kann ich irgendetwas für Sie tun?«, fragte sie dann voller Mitgefühl.
Bei dem älteren Mann brachen alle Dämme. Er schluchzte und zitterte am ganzen Körper. Kathrin überlegte nicht lange. Sie eilte zu ihm und stützte ihn. Er ließ sich von ihr zur Veranda führen und in einen Gartenstuhl setzen. Dann setzte sie sich dazu, nahm seine Hand und wartete.
Mehr nicht.
Sie sagte nichts, fragte nichts, wartete einfach nur ab, bis der Mann sich einigermaßen gefangen hatte.
»Es tut mir sehr leid«, brachte er schließlich mit rauer Stimme hervor. »Sie müssen ja sonst was von mir denken.« Er atmete tief durch.
Kathrin lächelte und drückte seine Hand. »Da machen Sie sich mal keine Gedanken. Was andere denken mögen, spielt keine Rolle. Aber ich versichere Ihnen: Ich denke gar nichts. Denn wenn ich nicht weiß, worum es geht, steht mir kein Urteil zu.« Sie betrachtete ihn, als er nickte. Seine Augen füllten sich erneut mit Tränen.
»Möchten Sie darüber reden?«, fragte sie dann sanft.
Der Mann atmete zitternd ein und aus. »Meine Frau ist vor zwei Wochen gestorben«, brachte er fast lautlos hervor.
Kathrins Herz schnürte sich zusammen. Da saß ein älterer Herr, dem der Schmerz über den Verlust seiner Frau sichtbar ins Gesicht geschrieben stand. Er war ein stämmiger, robuster Mann, doch wie er so da saß, mit Tränen in den Augen, die wieder zu laufen begannen, wirkte er verloren und verletzlich.
Kathrin drückte seine Hand noch fester, zeigte ihm, dass sie für ihn da war, und wisperte. »Es tut mir sehr leid.«
»Sie war mein Ein und Alles«, fuhr der Mann unter Tränen fort. »Sie war der Mittelpunkt meines Lebens. Sie war immer für mich da und ich für sie. Sie … Sie …« Ihm stockte die Stimme und er schluchzte. »Ich vermisse sie so sehr. Es tut

so weh …« Sein Schluchzen ließ seinen ganzen Körper zittern.
Kathrin traten Tränen in die Augen. »Sie muss eine wunderbare Frau gewesen sein.«
»Sie war alles für mich«, schluchzte der Mann. »Wir waren fast fünfzig Jahre verheiratet. Ich weiß gar nicht, wie ein Leben ohne sie aussehen soll.«
Nun liefen auch Kathrin die Tränen herab. Sie saßen beide eine Weile einfach nur da, die Hände haltend und gemeinsam weinend.
Nach einer Weile fuhr der Mann fort, von seiner Frau zu erzählen. Wie sie ihm jeden Sonntag sein Lieblingsessen gekocht hatte. Wie sie ihm jeden Morgen, egal was kam, einen wunderschönen guten Morgen gewünscht hatte. Wie sie ihn täglich zum Lachen brachte. Während er erzählte, versiegten die Tränen. Er begann, lebhafte Erinnerungen an gemeinsame Erlebnisse zu erzählen und gab so einige Geschichten preis, über die er und Kathrin herzhaft lachten.
»Sie hätte Sie gemocht, meine Lotte«, sagte der Mann, nachdem beide nach einem besonders lustigen Schwank aus seinem Leben, Minuten später immer noch schmunzelten. Dann sah der Mann Kathrin fast entgeistert an. »Sagen Sie, wie heißen Sie eigentlich? Und wo bleiben meine Manieren? Ich habe mich Ihnen noch nicht einmal vorgestellt!«
»Kathrin«, antwortete Kathrin lächelnd. »Ich heiße Kathrin.«
»Klaus, mein Name ist Klaus.« Er reichte ihr förmlich die Hand und verbeugte sich kurz, ganz ein Gentleman. »Es freut mich sehr, Sie kennen zu lernen, Kathrin.«
»Vielen Dank und dito«, antwortete Kathrin. »Und bitte duzen Sie mich doch, das macht man hier in Schweden so.«
»Absolut, absolut!«, rief Klaus begeistert. »Aber nur, wenn auch du mich duzt!«
»Gern«, lächelte Kathrin.
»Möchtest du eine Tasse Kaffee?«, fragte Klaus und sprang auf. »Ich habe sogar Kuchen. Ich habe auf dem Weg hierher

Lottes Lieblingskuchen gekauft. Ich konnte einfach nicht dran vorbeigehen. Dabei mag ich den nicht mal besonders. Es ist dieser giftgrüne Marzipankuchen, den es hier überall gibt.«
»Ah ja, Prinsesstårta«, erriet Kathrin.
»Genauso heißt das Ding«, erwiderte Klaus. »Ich esse ja selbst lieber Obstkuchen. Am liebsten Apfelkuchen. Den hat Lotte mir immer gebacken. Aber nun habe ich das grüne Ding gekauft und esse das niemals alleine auf. Bitte, leiste mir doch Gesellschaft.« Dann zögerte er. »Oder hast du es eilig? Ich habe deine Zeit schon so lange ungefragt in Anspruch genommen.«
Kathrin schüttelte den Kopf. »Nein, ich habe Zeit, und ich bleibe gerne auf eine Tasse Kaffee und ein Stück Kuchen.«
Und so kam es, dass Klaus und Kathrin noch weitere zwei Stunden beisammen saßen, Kaffee tranken, Kuchen aßen, über Lotte redeten und danach auch über ganz andere alltägliche Dinge. Als Kathrin sich verabschiedete, ging es Klaus schon wesentlich besser.
»Ich fahre morgen zurück nach Deutschland«, sagte Klaus und sah sich um. »Hier erinnert mich im Moment zu viel an Lotte. Ich bin noch nicht so weit. Wir haben hier die schönsten Zeiten in unserer Ehe verbracht. Hier hatten wir ungeteilte Zeit miteinander, keine Arbeit, die störte.«
»Ich verstehe das gut«, antwortete Kathrin. »Irgendwann wirst du herkommen, und du wirst alles hier betrachten und einfach in Liebe an sie zurückdenken.«
»Ja«, nickte Klaus. »Da freue ich mich schon drauf.« Er atmete tief durch. Dann sah er Kathrin an. Wenn du gerne herkommen und zum See gehen möchtest, kannst du das jederzeit tun. Lotte hätte es so gewollt.«
Als Kathrin an diesem Tag nach Hause fuhr, hatte sie sich seltsam erfüllt gefühlt.

Kathrin hatte Klaus‘ Angebot angenommen und den schönen Strand am kleinen Haus in diesem Sommer oft besucht. Doch Klaus hatte sie dort nicht wieder gesehen. Bis sie in diesem Jahr im Frühsommer mit Saga dort die Badesaison eröffnen wollte. Das war der Tag, an dem zwei verwandte Seelen zueinander fanden. Eine siebenjährige und eine 76-jährige Seele. Verbunden in der Leidenschaft für Insekten und Kriechtiere.
Beide, Klaus und Saga, hatten nicht viel Zeit für Kathrin gehabt, so vertieft waren sie in Klaus‘ Sammlung gewesen. Trotzdem war es ein wunderbarer Nachmittag gewesen, an dem sie selbst einfach nur da saß, Kaffee trank und den beiden zuhörte und zusah.
Kathrin musste unwillkürlich grinsen, als sie daran zurückdachte, wie der Nachmittag begonnen hatte.

»Saga, vergiss deine Badesachen nicht«, hatte Kathrin ihrer Tochter hinterhergerufen, die einfach aus dem Auto gesprungen war, sobald alle vier Räder standen. Die Autotür hatte sie wie so oft einfach offen stehen lassen.
»Oh! Ja, o.k.!« Saga sprintete zurück, hechtete ins Auto, griff nach ihrer Badetasche und sprintete erneut los.
»Die Autotür, Saga!«, rief Kathrin.
»Oh, Mann!«, nörgelte Saga, drehte erneut um und warf die Tür ins Schloss.
Saga war schon am Waldrand, als Kathrin aus dem Auto kletterte. Sie rechnete damit, dass Saga bereits halb im Wasser war, wenn sie selbst am Strand ankam. Doch zu ihrer Überraschung – oder im Grunde auch nicht –, warf

Saga plötzlich die Badetasche von sich und kniete am Wegesrand nieder.
Noch bevor Kathrin nachschauen konnte, was ihre Tochter da nun schon wieder gefunden hatte, rief jemand ihren Namen.
»Kathrin? Bist du das?«
Kathrin sah sich um, und dort stand Klaus an der Pforte zum kleinen Ferienhaus.
»Klaus! Wie schön, dich wieder zu sehen!«, rief Kathrin und ging näher.
Klaus lächelte. Er wirkte fröhlicher und gefasster als beim letzten Mal. »Wie geht es dir?«, fragte Kathrin und blieb vor der Pforte stehen.
Klaus bohrte die Hände in die Taschen und blickte von Kathrin über den Hof und zurück. »Mein erster Besuch hier, seit …« Er brach ab. Dann holte er tief Luft. »Es geht schon.« Dann lächelte er. »Besser als beim letzten Mal«, sagte er etwas verlegen.
»Das freut mich«, erwiderte Kathrin warm. »Wie ist es dir …«
Doch weiter kam Kathrin nicht. Saga rauschte an die Pforte und hielt beide Hände zwischen ihr und Klaus hoch. Mehr Richtung Klaus, sodass Sagas Fund direkt unter seiner Nase landete.
»Seht mal! Was machen die? Fressen die sich gegenseitig auf?«
In Sagas Händen lagen zwei vollkommen umschlungene schwarze Nacktschnecken und schleimten sie voll.
»Saga!«, rief Kathrin entsetzt. »Du kannst doch nicht einfach jedem alles unter die Nase halten!«
»Die fressen sich nicht, die lieben sich«, sagte Klaus, der seine Nase noch näher ran führte, um genauer nachzusehen, anstatt wie jeder andere, zurückzuweichen.
»Sehr interessant«, fuhr er fort. »Es ist eine Weile her, dass ich das gesehen habe.«
Kathrin seufzte. Saga strahlte.

»Die lieben sich? Wie spannend! Machen die dann Babys?«
Kathrin stöhnte. »Es tut mir sehr leid«, begann sie sich zu entschuldigen, doch Klaus nickte und strahlte genau wie Saga.
»Ganz richtig, kleine Lady. Die machen Babys!«
Kathrin starrte auf die im Liebesakt vereinten Schnecken in Sagas Händen, die sich offenbar nicht stören ließen und mit der Paarung fortfuhren.
»Das ist wirklich eine interessante Sache, weißt du«, fuhr Klaus fort, voll auf Saga und die Schnecken konzentriert. Kathrin stand vergessen daneben.
»Nacktschnecken sind Zwitter. Sie besitzen sowohl weibliche als auch männliche Organe. Ihre Geschlechtsöffnung befindet sich rechts am Kopf. Zuerst werden die männlichen Samen gebildet. In beiden Schnecken. Du siehst gerade, wie beide ihre männlichen Spermiensäcke austauschen. Danach kommt es zum Geschlechtsakt. Und dann beginnen beide mit der Produktion der Eizellen, die sie dann mit den Spermien der jeweils anderen Schnecke befruchten. Und danach legen sie die Eier ab. So eine Paarung kann stundenlang dauern«, erklärte Klaus.
»Hä?«, fragte Saga und sah Klaus mit gerunzelter Stirn an.
»Das heißt nicht *Hä*, sondern *Wie bitte*«, schob Kathrin ein, doch weder Klaus noch Saga schienen sie zu hören.
»Das war wohl eher für Erwachsene erklärt, was?«, meinte Klaus amüsiert. »Komm mit, wir setzen uns auf die Veranda, dann erkläre ich es dir, sodass auch du es verstehst.«
Klaus öffnete die Pforte und ließ Saga hinein, und ohne einen Blick auf Kathrin folgte Saga ihm. Kathrin seufzte erneut, zuckte mit den Schultern und ging den beiden langsam hinterher.
Klaus erklärte Saga mit äußerster Geduld, wie Nacktschnecken sich paaren, während Kathrin Kaffee kochte. Und dann entdeckten Alt und Jung, dass sie beide

Insekten und Kriechtiere liebten, was der Start zu diesem denkwürdigen Nachmittag wurde, an den Kathrin sich nun schmunzelnd zurückerinnerte, während sie Klaus auf dem Weihnachtsmarkt am Kindergarten nachschaute.

Saga zupfte Kathrin an der Jacke herum. »Meinst du, er kommt auch wirklich am Freitagnachmittag zu uns?«
»Ganz sicher, mein Schatz«, versicherte Kathrin. Klaus schien an diesem Sommernachmittag vor gut einem halben Jahr bereits ein gutes Stück über den Tod seiner geliebten Lotte hinweg gewesen zu sein. Heute jedoch hatte er den Eindruck gemacht, ganz zurück im Leben zu sein. Wie schön, dachte Kathrin. Wie schön, den damals gebrochenen Mann heute lachen zu hören.

Kathrin und Saga standen in der gemütlichen Küche ihres geliebten Schwedenhauses und buken Semlor. Es war Freitagvormittag und Saga war in Mehl gepudert und verteilte gerade das Marzipan in die geköpften und ausgehöhlten Hefebrötchen, während Kathrin Schlagsahne steif schlug.
»So«, sagte Kathrin zufrieden und stellte den Mixer aus. »Jetzt kannst du auf jedes Brötchen einen ordentlichen Löffel voll Sahne geben und dann den Brötchendeckel draufdrücken. Aber nicht zu fest, sonst quillt die Sahne raus.«
Saga zog die Schüssel mit Sahne zu sich heran, trat auf den Küchenstuhl, auf dem sie stand, von einem Fuß auf den anderen, und konzentrierte sich mit der Zunge zwischen den Lippen darauf, einen Esslöffel voll mit Sahne aus der Schüssel zu holen und unfallfrei zum ersten Brötchen zu

führen. Es klappte. Nur die Sahne wollte nicht freiwillig vom Löffel auf das marzipangefüllte Hefebrötchen fallen.
»Warte, ich helfe dir«, entschied Kathrin. Mit einem Teelöffel schob sie die Sahne von Sagas Esslöffel herunter. »So, nun den Deckel drauf.«
Saga legte den Brötchendeckel vorsichtig auf die Sahne drückte ein wenig.
»Das sieht so lecker aus!«, strahlte sie und betrachtete zufrieden ihr Werk.
»Das ist lecker«, betonte Kathrin. »Nun noch die anderen Hefebrötchen mit Sahne und Haube garnieren.«
»Und dann noch Puderzucker!«, rief Saga.
»Ganz genau.«
Sie arbeiteten konzentriert zusammen, bestreuten die fertigen Semlor * mit Puderzucker, und dann stellte Kathrin das superleckere Gebäck kühl. (*Rezept am Ende der Geschichte)
»Holst du bitte die Post, während ich uns schnell ein paar Pfannkuchen zum Mittag mache?«
»Mit Ahornsirup?«, fragte Saga.
»Ich schau mal, ob ich noch welchen habe«, entgegnete Kathrin. »Vergiss nicht, dir vorher die Hände zu waschen, bevor du die Post holst.«
Saga kletterte vom Küchenstuhl und verschwand im Bad, um sich die Mehl-Puderzucker-Hände zu waschen.
Kathrin holte eine Schüssel hervor und begann, den Pfannkuchenteig zusammenzumischen. Sie füllte gerade die erste Kelle in die heiße Pfanne, als Saga mit der Post zur Tür hereinkam.
»Leg die Post da auf den Tisch«, entschied Kathrin. »Du kannst noch ein bisschen spielen gehen. Ich rufe dich dann, wenn die Pfannkuchen fertig sind.«
Saga hüpfte singend davon. Sie war offensichtlich guter Laune. Pfannkuchen mit Ahornsirup zu Mittag, Semlor zum Kaffee, und dann kam auch noch Klaus.

Der letzte Pfannkuchen brutzelte vor sich hin, und Kathrin wischte sich die Hände ab. Dann griff sie zur Post und erstarrte.
Ein Brief vom Gericht aus Deutschland. Kathrin begann zu zittern und jemand klemmte ihr den Brustkorb zusammen. Gute oder schlechte Nachrichten?
Sie öffnete den Brief und las. Dass sie die Luft angehalten hatte, bemerkte sie erst, als sie versuchte, nach Luft zu schnappen, und es nicht ging. Ein Laut wie von einem verwundeten Tier entfuhr ihr. Zitternd ließ sie sich auf einen Küchenstuhl gleiten und rang nach Fassung.
Das Urteil, viel früher als sie gedacht hatte: Roland stand die Hälfte des Hauses zu. Sie musste verkaufen.
Plötzlich war ihr Kopf ganz leer und sie starrte durch die Küche, ohne sie wirklich zu sehen.
Verkaufen! Ihr geliebtes Schwedenhaus. Ihren Lebenstraum.
Und dann brachen all die Erinnerungen über Kathrin herein. All die schönen Stunden, die sie in diesem Haus verbracht hatte. In dieser Küche, an diesem Küchentisch.
Saga, die hier aufgewachsen war und nichts anderes kannte. Weihnachten mit Schnee und Kaminfeuer. Sommer mit Baden am See und Grillen im Garten auf der gemütlichen Veranda. Sagas erste Schritte im Flur, ihr erstes Wort genau hier, wo Kathrin gerade saß, ihr erstes Mal auf einem Fahrrad in der Auffahrt vor dem Haus.
Tausende Erinnerungen, Tausende Kleinigkeiten strömten auf Kathrin ein.
Verkaufen.
Ihren Traum.
Ihr Leben mit Saga.
Und dann?
Wohin?
Wie viel bekam sie für das Haus? Wo würden sie unterkommen? Konnte sie in der Nähe etwas finden, damit Saga weiter auf die Schule mit ihren Freunden gehen

konnte? Sie mussten irgendwie in der Nähe bleiben, denn nur dort hatte Kathrin ihre feste Arbeit.
Verkaufen. So unvorstellbar. Tränen traten Kathrin in die Augen, doch sie wischte sie fort, als sie Saga auf der Treppe hörte.
»Ist das Essen fertig, Mama?«, rief Saga, noch bevor sie durch die Tür in die Küche stürmte. Sie stockte. »Das riecht angebrannt hier.«
»Was?« Kathrin schnellte in die Höhe. Und tatsächlich. Der letzte Pfannkuchen fing gerade an, so richtig aus der Pfanne zu räuchern.
»Verdammt!«, entfuhr es Kathrin. Sie eilte zur Pfanne, riss sie vom Herd und hob sie zur Spüle. Dort ließ sie den verkohlten Pfannkuchen in die Spüle gleiten und stellte die Pfanne ab. Dann öffnete sie fluchend das Küchenfenster.
Saga starrte ihre Mutter entgeistert an. »Mama! Das sagt man nicht!«, tadelte sie ihre Mutter.
Kathrin seufzte und schloss kurz die Augen. »Du hast recht, mein Schatz«, sagte sie dann. »Das sagt man nicht.« Kathrin atmete tief durch und riss sich zusammen. »Deckst du den Tisch, bitte? Die anderen Pfannkuchen sind alle gut. Und der Rauch ist auch bald abgezogen.« Kathrin wandte sich ab, um ihre Gesichtszüge besser unter Kontrolle zu bekommen, und suchte extra lange im Küchenschrank nach dem Ahornsirup.
»Was ist das, Mama?«, fragte Saga nach einer Weile und hielt den Brief vom Gericht hoch.
Kathrin schnappte ihn ihrer Tochter weg. »Nichts, Kleines.« Dann faltete sie den Brief und legte ihn in ein Küchenregal. »Lass uns essen.«
Saga war ungewöhnliche ruhig am Esstisch, doch Kathrin bemerkte es kaum, da sie tief in Gedanken war und in ihrem eigenen Essen herumstocherte.
»Du isst ja gar nicht, Mama«, sagte Saga nach einer Weile.
»Hm? Was?« Kathrin schreckte aus ihren Gedanken. »Ich … Ich habe keinen Hunger. Aber iss du nur, Saga.«

Am frühen Nachmittag fuhr ein neuer BMW auf den Hof. »Sie kommen, Mama!«, rief Saga und flitzte zur Tür, um die Gäste hereinzulassen.
Kathrin stand am Küchenfenster und kämpfte mit ihren Gefühlen. Sie fühlte sich rein gar nicht in der Lage, Gäste zu empfangen und fröhlich zu sein. Sie seufzte und versuchte, sich nichts anmerken zu lassen. Sie würde diesen Nachmittag überstehen, und dann würde sie Zeit haben, sich über ihre Zukunft Gedanken zu machen. Einen Schritt nach dem anderen.

»Hallo und willkommen«, begrüßte Kathrin Klaus und Gustav. Sie schaffte sogar ein Lächeln.
Klaus sah sich wohlwollend um. »Was für ein urgemütliches kleines Haus«, sagte er anerkennend und ging vom Flur in die Küche. »Hier kann man sich wohl fühlen. Ich spüre förmlich die Liebe in jedem Detail. Und es riecht so gut, richtig heimelig!«
»Vorhin hat es angebrannt gestunken«, verkündete Saga. »Mama hat einen Pfannkuchen anbrennen lassen.«
»Sowas kann dem besten Koch passieren«, schmunzelte Klaus und warf Kathrin einen Blick zu, die wieder versuchte zu lächeln.
»Also ich rieche nur leckeres Gebäck und frischen Kaffee«, meinte Gustav. »Und ich stimme Klaus zu. Ein urgemütliches kleines Haus.«

Kathrin versetzten die Worte beider Männer Stiche ins Herz. Ja, ein urgemütliches Haus, das bald jemand anderem gehören würde.
Nein, rief sie sich zur Ordnung. Nicht daran denken. Nicht jetzt.
»Wollen wir in die Stube gehen?«, fragte Kathrin. »Dort brennt ein Feuer im Kamin. Saga, zeigst du Klaus und Gustav das Wohnzimmer? Ich komme dann gleich mit dem Kaffee nach.«
»Und mit Semlor!«, rief Saga mit leuchtenden Augen.
»Und mit Semlor«, stimmte Kathrin zu.
Die beiden Männer folgten Saga in die Stube und Kathrin hatte Zeit, durchzuatmen und sich erneut zusammenzureißen. Sie legte für jeden eine Semla auf einen Weihnachtsteller und füllte dann noch einen Teller mit gekauften Lebkuchen und Pfefferkuchengebäck. Als der Kaffee fertig war, atmete Kathrin tief durch. Das würde ein harter Nachmittag werden.

Es wurde ein harter Nachmittag. Kathrin versuchte, an all den richtigen Stellen zu lächeln und zu antworten. Es schien, als wäre ihr das auch ganz gut gelungen, niemand reagierte, alle waren gut gelaunt. Bis Kathrin einmal wieder floh, um Kaffeenachschub zu holen.
Klaus trat zu ihr durch die Küchentür. »Auch auf die Gefahr hin, dass es mich nichts angeht«, begann er und musterte Kathrin, die seinem Blick auswich und neuen Kaffee aufsetzte. »Du bist nicht bei der Sache. Du bist nicht die Kathrin, die ich kennen gelernt habe. Was bedrückt dich?«
Kathrin schloss kurz die Augen und atmete durch. »Ach, es ist nichts. Es wird sich schon lösen«, antwortete sie

ausweichend. Man hatte ihr ihre Scharade also doch nicht abgenommen.
»Ich glaube wegen nichts, würdest du nicht so bedrückt sein«, erwiderte Klaus.
»Es ist wegen dem Brief von heute Mittag«, hörte Kathrin Sagas helle Stimme sagen.
»Saga! Das geht niemanden etwas an!«, entfuhr es Kathrin. »Und außerdem heißt es *wegen des Briefes*! Und woher weißt du das überhaupt?«
Saga seufzte und verdrehte die Augen.
»Probleme?«, fragte Klaus forschend.
Kathrin schwieg. Lügen wollte sie nicht.
»Irgendwas von Papa gehört das halbe Haus, oder so«, sagte Saga und zuckte mit den Schultern. »Aber er kann ja schlecht das halbe Haus mit nach Deutschland nehmen, also bleibt es wohl hier, oder nicht?« Saga blickte von einem zum anderen.
Kathrin starrte ihre Tochter perplex an. »Woher weißt du das?«, entfuhr es ihr, bevor sie daran denken konnte, dass Klaus ja auch noch da war.
»Ich kann lesen«, erwiderte Saga in einem Ton, der eindeutig sagte, dass die Frage ja wohl überflüssig war.
»Du hast meinen Brief gelesen?«, fragte Kathrin scharf.
»Der lag auf dem Tisch?« Saga wurde etwas kleinlauter. Kathrins scharfe Stimme war ihr nicht entgangen. »Du sagst doch immer, ich soll lesen üben!«, verteidigte sie sich dann. »Aber ich habe da nicht viel verstanden. Schreiben die Erwachsenen immer so kompliziert?«
Kathrin starrte ihre siebenjährige Tochter einfach nur an. Sie wusste nicht, was sie sagen sollte. Fast hilflos blickte sie von Saga zu Klaus. Hilflos und entschuldigend.
»Deinem Mann gehört die Hälfte dieses Hauses hier?«, fragte Klaus und ließ Kathrin nicht aus den Augen. »Und er fordert es ein?«, schob er als zweite Frage hinterher.
Kathrin ließ alle Luft aus den Lungen und setzte sich auf einen Küchenstuhl. Sie presste die Lippen aufeinander,

dann nickte sie. »Aber ich finde schon eine Lösung«, hörte sie sich sagen. Ihre Stimme klang seltsam hohl. Es gab keine Hoffnung darin, und Klaus schien das auch zu bemerken. Er hob forschend die Augenbrauen und verzog die Mundwinkel. Dann wandte er sich an Saga.

»Kleine Lady, ich möchte kurz mit deiner Mutter alleine sprechen. Gehst du bitte mit Gustav ins Wohnzimmer? Wir kommen gleich nach.«

Etwas rührte sich im Türrahmen zur Stube. Gustav. Kathrin unterdrückte ein Stöhnen. Wie viel hatte er mit angehört? Oder würde Klaus seinem Freund ohnehin alles erzählen?

Saga schmollte, doch Klaus sah sie bestimmt an. »Bitte, Saga. Es ist wichtig. Du willst doch, dass deine Mutter wieder lacht?«

Saga seufzte, stand auf und ging Gustav voran ins Wohnzimmer.

Gustav nickte Kathrin aufmunternd zu. »Klaus beißt nicht. Und schonen brauchst du ihn auch nicht«, sagte er, bevor er die Küche verließ.

Kathrin blieb mit Klaus zurück. Er setzte sich zu ihr an den Küchentisch. »Und nun erzähl mal, was da los ist. Dein Mann ist ausgezogen, vermute ich?«

Kathrin atmete tief durch, sah Klaus prüfend an und dann schüttelte sie ergeben den Kopf.

»Ich weiß nicht, was es bringen soll, wenn du auch noch damit belastet wirst«, begann sie.

Klaus schnaubte. »Hast du Gustav nicht gehört?«

Kathrin lächelte müde.

»Nun mal raus mit der Sprache, Mädchen«, meinte Klaus. »Geteiltes Leid ist halbes Leid. Das hast du mir sehr eindrucksvoll und sehr selbstlos gezeigt, als wir uns das erste Mal trafen. Also bitte, erzähle mir, was los ist. Vielleicht kann ich ja sogar helfen.«

Kathrin schüttelte erneut den Kopf. »Wohl kaum. Aber vielen Dank, ich weiß das zu schätzen«, sagte sie ehrlich. »Es ist nur so, dass der Gerichtsbeschluss feststeht. Meinem

Noch-Ehemann steht die Hälfte des Hauses zu, obwohl ich alles bezahlt habe. Es bedeutet, dass ich verkaufen muss, um ihn auszuzahlen. Denn wie du richtig erraten hast, ja, er fordert *seine* Hälfte ein.« *Seine* betonte Kathrin äußerst sarkastisch. Und dann erzählte sie Klaus die ganze Geschichte. Seltsamerweise fühlte sich danach tatsächlich etwas leichter ums Herz, obwohl sich an der Situation rein gar nichts verändert hatte.
»Aber wie Saga aus dem Beamtendeutsch tatsächlich raus lesen konnte, dass Roland die Hälfte zusteht, das wird mir immer ein Rätsel bleiben«, meinte Kathrin abschließend und schüttelte ungläubig den Kopf.
Klaus grinste. »*Ich kann lesen*«, zitierte er Kathrins dickköpfige Tochter und beide lachten. »Sie ist wirklich eine Marke für sich, deine kleine Tochter«, schmunzelte Klaus. »Doch nun zum Geschäftlichen. Du verkaufst nicht. Dieses Haus gehört zu euch beiden, genau wie ihr zu diesem Haus gehört. Man erkennt das in jedem Detail, dass du liebevoll renoviert und eingerichtet hast.«
Kathrin sah sich wehmütig um. »Das hilft nur nichts. Ich kann ihn nicht auszahlen. Und die Bank gibt mir kein Geld. Und mit meinem Lohn könnte ich es ohnehin nicht abbezahlen.«
Klaus schüttelte den Kopf. »Nein. Wir finden eine Lösung. Erst einmal bekommst du meinen Anwalt und du gehst in Berufung. Die Frist ist ja noch nicht abgelaufen. Und dann kann sich das Verfahren noch hinziehen. Monate, vielleicht sogar Jahre.«
»Ich habe kein Geld, um einen Anwalt so lange zu bezahlen«, erwiderte Kathrin. »Und ich möchte auch nicht jahrelang in Ungewissheit leben. Ich werde auch in zwei Jahren nicht genug Geld haben, um Roland auszuzahlen.«
»Den Anwalt zahle ich«, sagte Klaus, als wäre es abgemacht Sache. »Und solltest du deinen werten Ex-Mann tatsächlich irgendwann auszahlen müssen, dann übernehme ich das auch«, fügte er entschieden hinzu.

Kathrin starrte Klaus an. »Ähm. Nein, ähm«, stotterte sie. »Wie meinst du das? Nein! Das kann ich nicht annehmen! Und woher willst du das Geld nehmen? Dann verschuldest du dich? Nein, niemals!«
Klaus lachte. »Ich habe genug Geld, glaube mir!«, verkündete er.
In Kathrins Kopf wirbelte es durcheinander. Was meinte er damit, dass er genug Geld hatte? Sie sah das kleine Ferienhaus vor sich. Nicht sehr teuer und ein paar Sachen müssten da auch dringend gemacht werden. Sie hatte Klaus als normalen Rentner kennen gelernt. Hatte sie sich geirrt?
»Du brauchst mich gar nicht so ungläubig anzusehen«, schmunzelte Klaus. »Ich habe wirklich genug Geld. »Mehr als genug«, fügte er hinzu.
»Ich … Ich …«, stotterte Kathrin. »Das kann ich trotzdem nicht annehmen«, brach es dann aus ihr hervor. »Wie sollte ich das jemals zurückzahlen?«
»Darüber mach dir mal keine Gedanken, Mädchen. Wenn ich sage, ich habe genug Geld, dann meine ich das auch. Ich erwarte nicht, dass du es zurückzahlst.«
Kathrin starrte ihn wieder ungläubig an. »Wie bitte? Ich …« Doch bevor sie mehr sagen konnte, meinte Klaus: »Du hast mich richtig verstanden. Ich sehe dir an, dass dein Gehirn Schwierigkeiten hat, meinen Worten zu glauben. Also noch einmal: Ich schenke dir das Geld, Kathrin! Es ist ein Geschenk. Du brauchst mir nichts zurückzahlen.«
Kathrin öffnete und schloss ein paarmal den Mund. Sie wusste einfach nicht, was sie erwidern sollte. Auch wenn das alles stimmte, was Klaus sagte, wie sollte sie so viel Geld annehmen? Vielleicht wusste er nicht, was das Haus wert war? Oder er litt an irgendeiner Krankheit, die sein Urteilsvermögen einschränkte?
Erst als Klaus meinte: »Du brauchst gar nicht ständig deinen hübschen Kopf zu schütteln«, bemerkte sie, dass sie die ganze Zeit den Kopf geschüttelt hatte, während sie das alles dachte. Sie zuckte zusammen und hielt still.

»Gustav!«, rief Klaus. »Kommst du mal kurz?«
Gustav erschien im Türrahmen, dicht gefolgt von Saga.
»Gustav, mein Lieber, kannst du Kathrin begreiflich machen, dass ich genug Geld habe? Und dass es, wenn ich ihr etwas anbiete, keinen armen Menschen trifft?«
Gustav bellte lachend los. »Kathrin, an deinem Tisch sitzt ein waschechter Multimillionär. Auch wenn er dir eine Million Euro schenken will, glaube mir, er schüttelt das aus dem Ärmel!« Gustav sah Klaus fragend an. »Gut so, mein Freund?«
»Sehr gut«, lachte Klaus und beide Männer amüsierten sich köstlich über Kathrins fassungslosen Gesichtsausdruck.
»Aber … Aber …«, stotterte sie. Sollte das alles wahr sein? Konnte sie solch ein unfassbar großzügiges Angebot tatsächlich annehmen? Und wenn ja … »Womit habe ich das verdient«, wisperte sie mit Tränen in den Augen.
Klaus wurde ernst. »Mit deiner grenzenlosen, selbstlosen Freundlichkeit«, sagte Klaus und hatte nun ebenfalls Tränen in den Augen. »Mit deiner Hilfe für mich, die genau zur rechten Zeit kam, als ich hilflos und verwundbar war.«
»Aber ich habe doch nur bei dir gesessen«, wisperte Kathrin. »Das hätte doch jeder getan.«
»Und genau da irrst du dich«, erwiderte Klaus sanft. Dann wurde er geschäftlich. »Ich werde meinen Anwalt heute noch anrufen. Er wird sich morgen bei dir melden.«
»Aber morgen ist Samstag«, erwiderte Kathrin leise. Ihr Gehirn war völlig überfordert, daher griff es nach etwas Greifbarem. Samstags arbeiteten Anwälte nicht.
»Glaube mir, er wird sich morgen bei dir melden, wenn ich das so will«, versicherte Klaus. »Und dann sehen wir weiter. Aber damit du, egal wie lange es dauern wird, bis die Sache vom Tisch ist, auch wirklich auf der sicheren Seite bist, werde ich dir das nötige Geld auf dein Konto überweisen, wo du es dann auf einem Sparkonto liegen lässt, bis du es möglicherweise benötigen wirst. So kannst du ganz beruhigt sein, dass egal, was passiert, das Haus deines bleibt.«

Kathrin war immer noch sprachlos und völlig überfordert. Passierte das hier gerade wirklich? Ein Multimillionär? Klaus? Und er schenkte ihr einfach so das Geld? Er nahm ihr mit einem Schlag alle Sorgen? Gab es sowas wirklich? Es war zu groß, als dass sie es fassen konnte. So etwas passierte nur in Büchern oder in Filmen, aber nicht im wirklichen Leben. Träumte sie vielleicht nur und wachte gleich auf?
»Du schenkst uns Geld?«, fragte Saga erstaunt. »Warum?«
»Weil ihr es braucht und ich es habe«, erwiderte Klaus einfach.
»Hm«, machte Saga. »Okay«, sagte sie dann. »Können wir jetzt alle wieder in die Stube gehen?«, fragte sie dann ungeduldig.
Kathrin fasste es nicht. So einfach konnte es sein? Kinder.
Gustav lachte. »Nimm dir ein Beispiel an deiner Tochter«, sagte er wissend zu Kathrin. »Sie hat es verstanden!«
Kathrin verdrehte die Augen. »So einfach ist das nicht«, murmelte sie verlegen.
»Für mich schon«, erwiderte Klaus. »Und nun lasst uns noch einen Kaffee trinken, bevor ich alter Mann ins Bett muss.«
Saga riss die Augen auf. »Du gehst so früh ins Bett?«
»Oh ja«, versicherte Klaus, zwinkerte Kathrin zu und erhob sich, um Saga ins Wohnzimmer zu folgen. »Ich brauche meinen Schönheitsschlaf.« Saga lachte.
Als beide im Wohnzimmer verschwunden waren, versicherte Gustav noch einmal: »Es ist alles in Ordnung, Kathrin. Wenn Klaus etwas sagt, dann steht er auch dazu und dann meint er es auch so. Die Summe dieses Hauses zahlt er aus der Portokasse. Glaube mir. Und bitte nimm sein Angebot an. Du hast ihm sehr geholfen, als Lotte starb. Er hat mir oft davon erzählt, von der Frau, die sich einfach so zu einem weinenden Fremden setzte und für ihn da war, bis er sich wieder gefangen hatte. „Eine Seele von Mensch“ hat er dich genannt. Bitte gib ihm die Chance, sich zu revanchieren.« Er nickte Kathrin noch einmal zu und folgte dann Klaus und Saga in die warme Stube.

Kathrin war froh, noch den Kaffee in die Kanne gießen zu können, um sich etwas zu fangen, während sie alleine war. So etwas passierte nicht wirklich. Das war wie im Märchen.

Klaus Anwalt meldete sich wie versprochen am nächsten Vormittag. Kathrin schickte ihm alle Unterlagen per E-Mail und ließ die Sache ihren Lauf nehmen. Was dabei herauskommen würde, das würde sich zeigen, das konnte noch niemand sagen.

Doch Klaus hielt Wort. Schon am Montag der kommenden Woche ging eine große Summe auf Kathrins Konto ein, mit dem Vermerk:

*Frohe Weihnachten, Mädchen. Alles wird gut, dein Klaus. PS.: Der Restbetrag ist übrigens einfach für dich und Saga. Mach damit, was du willst.*

Kathrin saß am Computer und konnte es kaum glauben. Schon wieder liefen ihr Tränen die Wangen herab, doch dieses Mal waren es Tränen der Erleichterung. Sie würden das Haus behalten und noch mehr. Klaus hatte ihr 10.000 Euro mehr überwiesen, als die Hälfte des Hauses wert war. Ein extra, extra Weihnachtsgeschenk.

Saga kam herbei. »Warum weinst du schon wieder, Mama?«, fragte sie stirnrunzelnd.

Kathrin lächelte Saga an und nahm sie in den Arm. »Das sind Freudentränen. Ich bin so glücklich«, versicherte sie ihrer Tochter.

»Und deshalb weinst du?«, fragte Saga. »Das verstehe ich nicht. Und warum bist du glücklich?«

»Weil Klaus uns ein wunderbares Weihnachtsgeschenk gemacht hat«, erwiderte Kathrin.

»Ein Weihnachtsgeschenk?«, fragte Saga. »Aber Weihnachten ist doch erst in zwei Wochen!«

»Manchmal ist Weihnachten eben schon früher«, sagte Kathrin und küsste Saga auf die Stirn.
Saga wischte sich die Stirn ab, begleitet von einem: »Ääh!«
Kathrin schmunzelte und küsste Saga noch einmal. So richtig schmatzend.
»Mama!«, rief Saga empört und versuchte, dem nächsten Kuss zu entkommen, indem sie sich in Kathrins Armen wandte wie ein Wurm. Kathrin begann, Saga zu kitzeln, und ein fröhliches Gerangel entstand. Sagas glockenhelles Kinderlachen erfüllte das ganze kleine, gemütliche Schwedenhaus, während es draußen zu schneien begann. Dicke, sanfte Flocken legten sich auf den Rasen im Garten und auf die Einfahrt zum Hof, in der Saga Fahrradfahren gelernt hatte. Dicke Flocken wurden zu einer weißen Decke, die das Schwedenhaus wie mit Zuckerguss überzog. Ihr Schwedenhaus.
Manchmal war Weihnachten eben schon früher.

**- Ende-**

**Wenn du mehr über mich erfahren willst, bist du herzlich eingeladen, meine Homepage zu besuchen. Wenn du über Neuigkeiten informiert werden willst, dann kannst du hier meinen Newsletter abonnieren!**

Wenn dir das Buch gefallen hat, würde ich mich sehr über eine Rezension, oder auch einfach nur eine Sternbewertung, bei Amazon freuen! Nichts versüßt den Tag einer Autorin mehr, als eine positive Reaktion auf ihre Arbeit. Aber auch konstruktive Kritik ist willkommen.
Rezensionen/Lesermeinungen (ob kurz und knackig oder lang und ausführlich) helfen neuen potenziellen Lesern, auf das Buch aufmerksam zu werden.

# Über die Autorin

Marita Sydow Haman – Autark Woman - ist Autorin, Künstlerin und Videocreator auf YouTube. Außerdem schreibt sie auch eigene Musik und spielt die Begleitmusik ihrer Videos selbst auf ihrer keltischen Harfe.
Marita Sydow Hamann wurde in Norwegen in Ålesund geboren und wuchs unter anderem in Deutschland, Österreich und Spanien auf.
1999 heiratete sie und wanderte mit ihrem Mann nach Schweden aus. Dort machte sie eine Ausbildung zur persönlichen Assistentin für Personen mit geistigen und körperlichen Behinderungen.
Marita Sydow Hamann lebte bis Mitte 2022 mit ihrem Mann und einigen Tieren auf einem kleinen Selbstversorgerhof in Småland. Dann wanderten sie samt Tiere nach Norwegen aus, auf einen kleinen Hof am See in den Bergen. Über ihr Leben als Selbstversorger könnt ihr auf YouTube mehr erfahren. Als „Autark Woman“ zeigt sie dort ihr Leben auf dem Hof, inklusive ihrer Kunst, ihrer Musik und mehr.

Die Autorin schreibt Romane und auch Fantasy und Romantasy für Jung und Alt und Mystery-Krimis sowie auch Kinderbücher.
Weiter:
Buch „Gesund leben“, Kochbücher, Tagebücher, Gartenkalender und mehr!

**Website**
www.marita-sydowhamann.com

**YouTube**
Autark Woman

**Facebook**
Autark Woman

**Twitter**
https://twitter.com/MaritaSHamann

Marita freut sich über Post von ihren Lesern. Besuchen Sie Marita auf ihrer Homepage www.marita-sydowhamann.com

# Weitere Titel von Marita Sydow Hamann

Bisher erschienen

## Romane

**Neue Reihe: Lebe deinen Traum**

**Novelle:** Wenn Freundlichkeit sich auszahlt

## Mystery-Krimis

**Marit Rolfsdóttir (Nordic-Mystery-Krimi-Reihe):**
**Drei Monate**
**Zwei Fuß tief**

## Romane und Kurzgeschichten aus der Reihe „Magisches Geflüster“:

**Roman:** Wer zum Teufel ist Butterblume?
**Roman:** Wie angelt man sich einen Piraten?

**Kurzgeschichten:**
Astro-Date – Magisches Geflüster
Unverhofft – Magisches Geflüster

**Gratis Minikurzgeschichten:** „Getrieben“ und „Zaubermuschel“.

## Jugendbücher und Romane:

**Die Erben der alten Zeit**

**Fantasy-Trilogie für Jung und Alt**

Empfohlen ab 12 Jahre.
Ein Abenteuer für Jung und Alt

**Band 1 Das Amulett**
**Band 2 Der Thul**
**Band 3 Ragnarök**

**Das Vermächtnis der Lil`Lu**

Romantasy ab 14 Jahre, Reihe in 5 Bänden

**Band 1 Lovisa – Der Riss im Universum**
**Band 2 Lovisa – Im Zeichen des Feuers**
**Band 3 Emilie – Traumbegegnungen**
**Band 4 Danniella – Engelsflügel**
**Band 5 Kristin – Die Zeitkapsel**

## Kinderbücher:

**William und Das Spukhaus**
Kindergeschichte
Empfohlen für Kinder ab 6 Jahre. Illustrationen.

**William und Die blutende Quelle im Wald**
Kinderkrimi, Altersempfehlung 10-12 Jahre, mehr als 20 Illustrationen.

**Jori, der kleine Troll**
**1 Der erste Schultag**
**2 Der Angriff der Wespen**
Empfohlen für Kinder ab 4 Jahre.
Mit vielen bunten Bildern!

## Sonstiges:

**SCHWEDISCH ESSEN – Typisch schwedische Gerichte, traditionelle Rezepte**
**Gesund leben querbeet**

**Wochenkalender, Mein Garten (Jedes Jahr neu)**
**Tagebücher / Notizbücher**

# 2 Rezepte

Als Geschenk zu Weihnachten gibt es zwei Rezepte aus meinem Kochbuch „SCHWEDISCH ESSEN - Typisch schwedische Gerichte, traditionelle Rezepte“

## Semlor – gefüllte Hefebrötchen

Das gefüllte Hefebrötchen „Semla“ wird auch „Fastlagsbulle“ oder „Fettisdagsbulle” genannt. Jedes Jahr wird am letzten Tag vor dem Beginn der Fastenzeit der sogenannte Fettisdagen gefeiert – der Fett-Tag. Gleichzeitig ist er auch der offizielle Semla-Tag.

**Zutaten ca. 20 Stück**

Zum Bepinseln: 2 Eigelb, 1-2 EL Milch

Füllung
100 g geschälte Mandeln
Ca. ½ dl Milch

**Hefebrötchen**
14-16 dl Weizenmehl
1,5 dl Zucker
125 g Butter, Raumtemperatur
50 g Hefe
2 Teelöffel Kardamom
5 dl Milch

250 g Mandelmasse oder Marzipan
„Innenleben“ der Hefebrötchen

**Garnierung**
4-5 dl Schlagsahne
Puderzucker
Wahlweise etwas Vanillezucker für die Sahne

## Zubereitung

**Hefebrötchen:**
Wärme die Milch handwarm, gebe Kardamom und Hefe dazu und verrühre es gut, bis die Hefe sich ganz auflöst.

Gebe das Mehl in eine Schüssel, grabe eine Mulde in das Mehl und gieße die Hefemilch dort hinein. Nun vermenge ein wenig des Mehls mit der Milch, sodass ein Brei in der Mitte entsteht. Klicke die Butter in die Hefemilch. Verteile den Zucker über das Mehl am Rand. (Zucker direkt in der Hefemilch, kann die Hefe abtöten.) Lass den Teig an einem warmen Ort gehen, bis der Brei etwa doppelte Größe erreicht hat.

Nun vermenge den Brei mit dem restlichen Mehl und verknete alles zu einem Teig. Teile den Teig in 20 Teile, rolle sie zu Kugeln und lege diese auf ein mit Backpapier ausgelegtes Backblech. Lasse die Kugeln noch einmal an einem warmen Ort gehen, bis sie fast doppelte Größe erreicht haben.

Mixe die Eigelbe mit etwas Milch und bepinsle die Brötchen vorsichtig damit.

Backe die Hefebrötchen bei 225 Grad in der Mitte des Ofens in etwa 7-10 Minuten goldgelb. Lasse die Brötchen auf einem Rost abkühlen.

**Füllung:**
Heize den Ofen auf 175 Grad.
Röste die geschälten Mandeln ganz leicht in etwa 10-15 Minuten auf einem mit Backpapier ausgelegten Backblech. Lasse sie abkühlen und hacke sie grob in Stücke.

Schneide nun einen Deckel von den Brötchen ab und grabe etwas vom Innenleben aller Unterteile der Brötchen aus.

Gebe das Innenleben der Brötchen zusammen mit ½ dl Milch in eine Schüssel und vermenge alles zu einer Masse.

Nun reibt ihr die Mandelmasse in die Schüssel und arbeitet alles zusammen zu einem Teig. Gebt zum Schluss die grob gehackten Mandeln dazu und hebt sie unter den Teig.

Die Schlagsahne für die Garnierung steif schlagen. Wer möchte, kann etwas Vanillezucker hinzugeben.

Verteilt nun die Füllung in die ausgehöhlten Unterteile der Brötchen und bedeckt die Füllung mit Schlagsahne. Oben auf legt ihr den "Deckel" der Brötchen.

## Servieren

Die fertigen Semlor mit Puderzucker bestreuen und servieren.

# Lussekatter – Luciakatzen

Lussekatter werden in Schweden nach alter Tradition vor allem zum Luciafest am 13. Dezember gebacken. Der Safran soll mit der gelben Farbe das Licht, die Sonne und die Hoffnung symbolisieren.
St. Lucia ist ein sehr altes Fest, doch erst seit etwa 80 Jahren feiert man in Schweden (aber auch in Dänemark und Norwegen) den „Luciatåg“ mit Prozessionen und der Krönung der Lucia. Zu dem leckeren Gebäck wird Glögg getrunken, ein skandinavischer Glühwein.

## Zutaten für

**20 Stück**
2 dl Milch, warm
0,5 g Safran
100 g Butter
1 dl Zucker
1 Prise Salz
7 dl Mehl
1 Ei zum Bepinseln
40 Rosinen
50 g Hefe

## Zubereitung

Die Milch in einem Topf anwärmen, handwarm, nicht mehr! Die Hefe, die Butter, den Zucker und den Safran hinzugeben und rühren, bis sich Zucker und Hefe aufgelöst haben.

Das Mehl in eine große Schüssel geben und in der Mitte ein Loch graben, in das ihr nun die Milchhefemischung gießt.

Etwas von dem Mehl mit der Milchmischung verrühren, bis ein dicker Brei in der Mitte des Mehls entsteht. Nun die Schüssel mit einem Geschirrhandtuch abdecken und an einen warmen Ort stellen. Ihr lasst den Brei in der Mitte so lange „gehen", bis er mindestens doppelte Größe erreicht hat.

Die Rosinen in Wasser legen, damit sie aufquellen.

Das restliche Mehl mit dem Brei vermengen und verkneten.

Aus dem Teig eine Rolle formen und diese in 20 gleich große Stücke schneiden.

Aus den Teigstückchen nun wie unten im Bild angezeigt erst eine dünne Rolle formen und diese dann zu einer der typischen Lussekatterformen drehen und auf ein mit Backpapier ausgelegtes Blech legen. Es gibt mehrere Möglichkeiten, ich habe nur die gängigste aufgeführt. Dreht sie ruhig noch etwas mehr ein, als ich es hier getan habe, denn meine sind zu dick geworden. 20 Lussekatter benötigen zwei Backbleche.

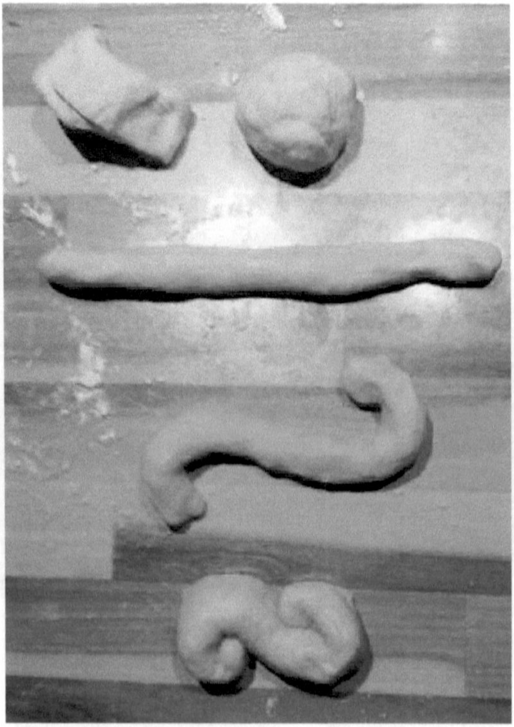

Nun die Rosinen in die zwei Vertiefungen drücken, die durch das Eindrehen des Teiges entstanden sind.

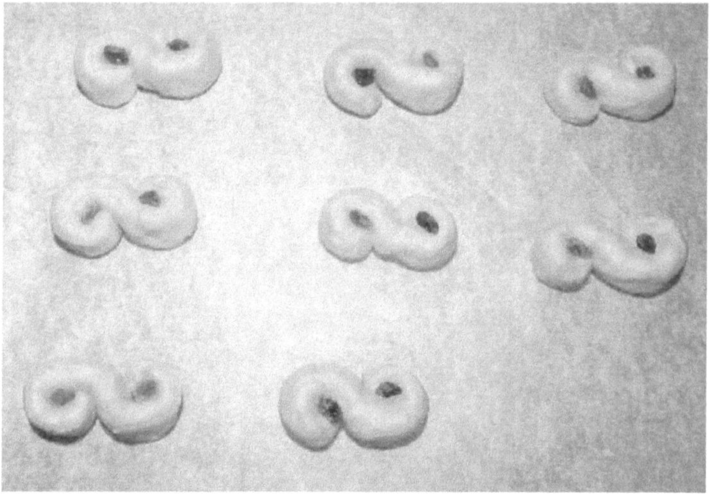

Die Lussekatter an einem warmen Ort gehen lassen, bis sie etwa doppelte Größe erreicht haben. (Meine haben etwas zu lange gestanden, daher ist die schöne eingedrehte Form etwas verloren gegangen … Aber schmecken tun sie trotzdem!)

Das Ei aufschlagen und verquirlen. Die Lussekatter vorsichtig damit einpinseln. Nur die Oberseite.

Die Lussekatter bei 225 Grad in der Mitte des Ofens in 8 - 10 Minuten fertig backen.
Dann nehmt ihr sie heraus und lasst sie auf einem Rost mit einem Geschirrhandtuch abgedeckt abkühlen.

Printed in Poland
by Amazon Fulfillment
Poland Sp. z o.o., Wrocław

17344791R00037

Printed in Poland
by Amazon Fulfillment
Poland Sp. z o.o., Wrocław

17344791R00037